PREMIÈRE ÉDITION

ÉMILE GOUDEAU

—

POÈMES IRONIQUES

—

— LAMENTATION DE LA LUMIÈRE — LUTTE PARISIENNE —

LES BILLETS BLEUS

—

— LA RÉVOLTE DE LA MACHINE —

—

VOL. 24. — SÉRIE II (N° 12.)

BIBLIOGRAPHIE

—

ÉMILE GOUDEAU, né à Périgueux (Dordogne), le 29 Août 18..

—

1878. — *Fleurs du Bitume* (vers). — Lemerre, Paris.
1884. — *Id.* (nouvelle édition). — Ollendorff, Paris.
1879. — *Revanche des bêtes.* —
1883. — *Poèmes Ironiques.* —
1885. — *La Vache enragée* (roman). —
1886. — *Les Voyages d'A'Kempis.* — Jules Lévy, Paris.
1887. — *Les Billets Bleus.* — Librairie Illustrée, Paris.
1888. — *Le Froc* (roman). — Ollendorff, Paris.

SOUS PRESSE

.... — *Dix ans de Bohême.* — Librairie Illustrée, Paris.

POÈMES IRONIQUES

LAMENTATION DE LA LUMIÈRE

Une nuit, je passais place du Carrousel.
La pluie avait chassé les étoiles du Ciel,
Et le tirage à cinq les louis de ma bourse ;
Et, morne, je hâtais fièvreusement ma course.

Tout à coup j'entendis un long susurrement
Qui tombait des hauteurs mélancoliquement,
Soupir éolien fait de notes égales,
Monotone et plus doux que le chant des cigales.

Cette plainte sortait, dans le silence noir,
Des globes dépolis d'où, sur Paris, le soir,
S'épandent les blancheurs du soleil électrique.
Et la voix murmurait sa mourante supplique :

« O mon père Apollon, que vous ai-je donc fait ?
« Moi, le Rayon lunaire, albe comme le lait,
« Moi, la flèche d'Azur et d'Or, moi, la Lumière !
« Moi, votre enfant la plus aimée et la première !
« O mon père Apollon, quel crime ai-je commis,
« Pour être ainsi livrée aux hommes ennemis ?
« Autrefois — il y a bien longtemps ! — dans l'espace
« J'habitais le Soleil et l'Étoile qui trace
« L'étincelant sillon dans le Chaos lointain :
« J'étais le messager de l'éternel Matin.
« Le germe qui rendait les planètes fécondes.
« L'aiguille du Destin qui reliait les mondes.
« J'étais Tout, la matière inerte ayant en moi
« Trouvé le Mouvement et sa Forme : sa Loi.

« Puis, un jour, votre main jusqu'alors tutélaire
« Appesantit sur moi le poids de sa colère,
« Et me jeta, du clair des Cieux chez les Humains,
« Aux veines des cailloux errants sur les chemins.
« Encore là j'avais l'air vibrant des campagnes,
« J'allumais les foyers des pâtres des montagnes ;
« Plein de vieilles chansons, l'Océan me roulait,
« Comme un berceur, dans ma nacelle de galet ;
« Puis, quand tu m'enfermas dans la blancheur des cires
« Me résignant, je dis : Fais comme tu désires !
« Mais, ô maître Soleil ! — en nos âges damnés,
« Où pour la brume et pour la nuit les gens sont nés,
« Oublieux du Tropique et des doux Equinoxes —
« Vers le pôle de glace et la zone des boxes,
« Au pays du Coltar où l'on sème du fer,
« Où la sorcière Suie, enfin reine de l'Air,
« Se marie au nuage et de baisers te souille...
« Soleil ! tu m'as vendue à ces nains de la houille !
« Sous leur pressoir, dans leur compteur nauséabond,
« Fille des Dieux, prostituée au vil charbon,
« De l'égout, tout le jour, je subis les étreintes,
« Et la Nuit seulement peut écouter mes plaintes... »

En entandant ce long récitatif si doux,
J'oubliai les torrents de pluie et les vents fous ;
Je songeais au lointain pays, aux vagues bleues
Dont je suis séparé par la longueur des lieues
Et la largeur du temps ; à l'arête du mur
Détachée en vigueur sur l'impeccable azur,
Aux yeux non embrumés des larmes des nivôses,
Aux juvéniles corps ignorant les chloroses,
Aux grappes du coteau toutes noires de vin :
Impérial Midi dont on se rit en vain !
Oh ! l'ensoleillement de l'enfance première !

Alors je répondis tout bas à la Lumière :
Tu n'es point la seule à pâtir,
O Lueur, dans la nuit obscure,
Tu n'es point la seule à sentir
Que notre père a la main dure ;
Les poètes et les rêveurs
Ont perdu toutes les saveurs
Des gais printemps enjoliveurs,
En la Grand'Ville qui les mure.

Déshérités fils d'Apollon !
Comme toi, divine éblouie,
Nous avons la boue au talon,
Et sur les épaules la pluie ;
Traînant sous le ciel des hivers
Nos chansons, musiques et vers,
Guettant à tort et à travers
Plus d'une illusion enfuie.

Nos mains tripotent aux tripots,
Nos cœurs appartiennent aux gouges
Comme nos cervelles aux pots,
Dans la brume épaisse des bouges.

Là, dans des creusets fort étroits
Nous jetons nos sceptres de Rois,
Comme de vils fagots de bois...
Souvent nos pommettes sont rouges.

Mais avec le rêve en lambeau
Notre âme, jadis printanière,
Sait encor fabriquer du beau,
Dans le centre de la tanière ;
Ainsi toi, du fond des égouts
Et des tuyaux fermés de clous,
Dans l'infect Paris du dessous
Tu fabriques de la lumière.

Mais qu'importe que le destin
Nous ait sevrés de l'ambroisie ?
Nous savons porter le matin
Dans le royaume de la suie !
C'est dans le cercle du sommeil
Comme un c épuscule vermeil,
Et c'est encore le soleil,
Et c'est toujours la Poésie.

Qu'importe que ton clair Rayon
Sorte d'un piédestal de boue ?
Qu'importe que sous son haillon,
En chantant, Homère s'enroue ?
Le poète est un fils de dieu :
S'il a souillé son manteau bleu,
Il n'a qu'à le brosser un peu,
Et c'est de l'azur qu'il secoue.

Et comme un lourd matin lentement s'éveillait,
Le doux Rayon cessa le triste chant follet :
Et le poète alla battre un peu la campagne
Sous le vieux ciel de lit de son château d'Espagne.

LUTTE PARISIENNE

SONNET

Brillamment tout le jour, il avait combattu
Pour ses rêves, pour ses amours, pour ses idées,
Lançant, audacieux, ses forces débridées
A l'assaut du bonheur, cet assiégé têtu.

Les assistants disaient : Ce lutteur est vêtu
D'ironie et de grâce, et, par larges bordées,
Le rire éclate aux coins de ses lèvres fardées :
On ne l'a vu jamais ni las, ni courbatu.

Le soir, il salua debout la galerie,
Clown élégant qui veut qu'au public on sourie ;
Puis, pour aller dormir un peu, se retira

Dans le logis hanté du spleen et des migraines ;
Il lorgna vaguement les étoiles sereines,
Et quand il eut fermé sa fenêtre, il pleura.

LES BILLETS BLEUS

LA RÉVOLTE DE LA MACHINE

Le docteur Pastoureaux, aidé d'un vieil ouvrier fort habile, que l'on nommait Jean-Bertrand, avait inventé une machine qui révolutionnait tout le monde savant. Cette machine était animée, presque pensante, presque voulante, et sensible : une manière d'animal en fer.

Il est inutile d'entrer ici en des détails techniques trop complexes, qui rebuteraient. Qu'il suffise de savoir qu'avec une série de boîtes de platine, pénétré par de l'acide phosphorique, le savant avait trouvé le moyen de donner une sorte d'âme aux machines locomobiles ou fixes ; que cet être nouveau devait agir à la façon d'un taureau de métal, d'un éléphant d'acier.

Il faut ajouter que, si le savant de plus en plus s'enthousiasmait pour son œuvre, le vieux Jean-Bertrand, superstitieux en diable, s'était peu à peu effrayé d'apercevoir cette subite évocation d'intelligence dans une chose primitivement morte.

D'ailleurs, les camarades de l'usine, qui suivaient assidument les réunions publiques, s'insurgeaient tous contre les machines qui servent d'esclave au capitaliste et de tyran à l'ouvrier.

On était à la veille de l'inauguration du chef-d'œuvre.

Pour la première fois, la machine avait été munie de tous ses organes et les sensations extérieures lui parvenaient distinctes ; elle comprenait que, malgré les entraves qui la retenaient encore, des membres solides s'adaptaient à son être jeune, et que bientôt elle pourrait traduire en mouvement au dehors ce qu'elle éprouvait au dedans.

Or, voici ce qu'elle entendit ;

— Etais-tu hier à la réunion publique ? disait une voix.

— Je te crois, vieux, répondit un forgeron, sorte d'hercule aux bras musclés et nus.

Bizarrement éclairée par les becs de gaz de l'atelier, sa figure, noire de poussière, ne laissait voir dans la pénombre que le blanc de deux gros yeux, où la vivacité remplaçait l'intelligence.

— Oui, j'y étais, j'ai même parlé contre les machines, contre ces monstres que nos bras fabriquent, et qui, un jour, donneront à l'infâme capital, l'occasion, tant cherchée, de supprimer nos bras. C'est nous qui forgeons les armes avec lesquelles la société bourgeoise doit nous battre. Quand les repus, les pourris, les ramollis, auront un tas de mouvements faciles à mettre en branle comme ceux-ci, fit-il avec un geste circulaire, notre compte sera bientôt réglé.

Nous en vivons à cette heure, nous mangeons, en procréant l'outillage de notre expulsion définitive du monde. Holà ! pas besoin de faire des enfants, pour qu'ils soient des laquais à bourgeois ! »

En écoutant de toutes ses soupapes auditives cette diatribe, la machine intelligente, mais naïve encore, haletait de pitié. Elle se demandait s'il était bon qu'elle fût née pour rendre ainsi misérables ces braves travailleurs.

— Ah ! vociféra le forgeron, s'il ne tenait qu'à moi et à ceux de ma section, nous ferions sauter tout ça comme une omelette. Nos bras ensuite suffiraient bien, dit-il en se tapant sur les biceps, à remuer la terre pour y trouver du pain ; les bourgeois, avec leurs muscles de quatre sous, leur sang vicié et leurs jambes molles, pourraient nous le payer cher le pain ; et, s'ils bronchaient, mille tonnerres ! ces deux poings pourraient leur en faire passer le goût. Mais je parle à des brutes qui ne comprennent pas la haine.

Et s'avançant vers la machine :

— Si tous étaient comme moi, tu ne vivrais pas un quart d'heure. Sale bête, va !

Et son poing formidable s'abattit sur le flanc de cuivre qui retentit d'un long gémissement quasi humain.

Jean-Bertrand, qui assistait à cette scène, frémit d'attendrissement, se sentant coupable envers les frères, lui qui avait aidé le docteur à accomplir le chef-d'œuvre.

Puis, tous ils s'en allèrent, et la machine écoutait encore, de souvenir, dans le silence et la nuit.

Elle était donc de trop sur la terre ! Ainsi, elle ruinait de pauvres manants au profit d'exploiteurs damnés ! Ah ! elle sentait désormais quel rôle d'oppression ceux qui l'avaient créée lui voulaient faire jouer ! Plutôt le suicide. Et dans son âme machinale et enfantine, elle ruminait le projet magnifique d'étonner, au grand jour de son inauguration, le peuple des machines ignorantes, rétrogrades et cruelles, en leur donnant enfin un exemple de sublime abnégation. A demain !

Pendant ce temps, à la table du comte de Valrouge, le célèbre protecteur des chimistes, un savant terminait ainsi son toast au docteur Pastoureaux :

— Oui, messieurs, la Science procurera à la souffrante Humanité le triomphe définitif.

Elle a déjà beaucoup fait : elle a dompté le temps et l'espace. Nos chemins de fer, nos télégraphes, nos téléphones, ont supprimé la distance. Si nous arrivons, comme le docteur Pastoureaux semble le prévoir, à démontrer que nous pouvons mettre de l'intelligence en nos machines, l'homme se sentira à jamais délivré des travaux serviles.

Plus de serfs, plus de prolétaires ! tout deviendront bourgeois ! La machine esclave délivrera de l'esclavage nos frères d'en bas et leur donnera droit de cité parmi nous.

Plus d'infortunés mineurs obligés de descendre sous la terre au péril de leur vie, la machine infatigable et éternelle y descendra pour eux : la machine pensante et agissante, non souffrante du labeur, bâtira, sous notre commandement, les ponts de fer et les palais héroïques ; c'est elle, la machine docile et bonne, qui retournera les sillons. Eh ! messieurs, il m'est permis, en présence de cette admirable découverte, de me faire un instant prophète. Un jour viendra où, toujours courant de ci de là, les machines se transporteront seules, comme des pigeons voyageurs du Progrès : un jour peut-être, ayant reçu leur complémentaire éducation, elles apprendront à obéir sur un simple signe, de telle sorte que l'homme, assis, paisible et fort, au sein de la Famille, n'aura qu'à appuyer sur un signal électro-vitalique afin que la machine sème le blé, le récolte, l'emmagasine et en fasse du pain qu'elle apportera sur la table de l'Homme, devenu enfin Roi de la Nature. Dans cette épopée olympienne, les animaux, eux aussi, délivrés de leur part énorme de travaux, pourront applaudir de leurs quatre pieds (*émotions et sourires*) ; oui, messieurs, car ils deviendront nos amis, après avoir été nos souffre-douleurs. Le bœuf devra toujours servir à fabriquer le potage (*sourires*), mais, du moins, il n'aura point souffert auparavant.

Je bois donc au docteur Pastoureaux, au libérateur de la matière organique, au sauveur du cerveau et de la chair sensible, au grand, au noble destructeur de la souffrance ! »

Le discours fut vivement applaudi.

Seul, un savant jaloux jeta ce mot :

— Cette machine aura-t-elle la fidélité du chien ? la docilité du cheval ? ou même la passivité des machines actuelles ?

— Je ne sais, répondit Pastoureaux, je ne sais.

Et, subitement plongé dans une scientifique mélancolie, il ajouta :

— Est-ce qu'un père se doit dire assuré de la gratitud filiale ? Cet être que j'ai mis au monde peut avoir de mauvai instincts, je ne saurais le nier. Je crois pourtant avoir déve loppé en elle, lors de sa fabrication, une grande propensio vers la tendresse, un esprit bon, ce qu'on appelle communé ment du cœur. Les parties affectives de ma machine, mes sieurs, m'ont coûté plusieurs mois de labeur : elle doit avoi beaucoup d'humanité, et, si j'ose le dire, de la meilleur fraternité.

— Oui, reprit le savant jaloux, la pitié ignorante, la piti populaire qui égare les hommes, la tendresse inintelligent qui fait commettre les lourdes fautes. Votre machine senti mentale s'égarera comme un enfant, j'en ai peur. Mieux vau un adroit méchant que de maladroites bontés.

On chuta l'interrupteur et Pastoureaux termina :

— Qu'un bien ou qu'un mal sorte de tout ceci, je pui lever la tête : j'ai fait faire, je pense, un formidable pas à l science humaine. Les cinq doigts de notre main tiennen dorénavant l'art suprême de la création.

Les bravos éclatèrent.

Le lendemain, on démusela la machine, et, docilement elle vint seule se mettre en ligne devant une assemblée nom breuse, mais choisie.

Sur la plate-forme, s'installèrent le docteur et le vieu Jean-Bertrand.

L'excellente musique de la Garde Républicaine se fi entendre, et des cris de « Vive la science ! » éclatèrent. Puis après avoir salué le Président de la République, les autorités les délégations des Académies, les représentants étrangers e toutes les notabilités réunies sur le quai, le docteur Pastou reaux ordonna à Jean-Bertrand de mettre en relation direct l'âme de la machine avec tous ses muscles de platine e d'acier.

Le mécanicien fit cela très simplement, en appuyant sur u levier brillant, grand comme un porte-lume.

Et tout à coup, sifflant, hennissant, tanguant, roulant piaffant, en sa férocité de vie nouvelle et dans l'exubéranc de sa puissance formidable, la machine s'enleva pour un furibonde course.

— Hip, hip, hip, hurrah ! crièrent les assistants.

— Va, machine du diable, va, cria Jean-Bertrand, et comme un fou, il appuya sur le levier vital.

Or, sans écouter le docteur, qui voulait modérer cett allure étonnante, Bertrand parlait à la machine :

— Oui, machine du diable, va ! va ! si tu comprends ! va ! ıuvre esclave du capital ! va ! vole, vole, vole ! sauve les ères ! sauve-nous ! ne nous rends pas plus malheureux ıcore qu'avant ! Moi ! moi, je suis vieux, je m'en moque ; ais les autres, les pauvres gars, aux joues creuses et aux mbes maigres, sauve-les, bonne machinette, sois gentille ɔmme je te l'ai dit ce matin ! Si tu sais penser, comme ils ıssurent tous, montre-le ! Qu'est-ce que ça peut te faire de ıourir, puisque tu n'en souffriras pas ? Moi, je veux bien érir avec toi, au profit des autres, et pourtant ça me fera u mal. Va, bonne machine, va !

Il était fou.

Le docteur voulut alors reprendre la direction de la bête e fer : — Doucement ! machine, cria-t-il.

Mais Jean-Bertrand le repoussa avec rudesse.

— N'écoute pas le sorcier ! va, machine, va !

Et grisé d'air, il talonnait les flancs de cuivre du Monstre, ui, sifflant éperdûment, enjambait de ses six roues l'espace émesuré.

Sauter de la plate-forme était impossible ! Le docteur se ésigna et, tout rempli de son amour pour la science, il tira n carnet de sa poche, et, tranquille, se mit à prendre des otes, comme Pline au cap Misène.

A Nord-Ceinture, surexcitée, la machine s'emballa défini-vement. Bondissant hors du talus, elle se prit à courir à avers la zone. La colère et la folie du monstre se tradui-ient en une stridence de sifflet, suraiguë, déchirante comme ne plainte humaine, et rauque parfois comme un hurle-ent d'émeute.

A cet appel répondirent bientôt les locomotives loin-ines, les sifflets des usines et hauts fourneaux.

Les Choses se mettaient à comprendre.

Un concert féroce de révolte commença sous le ciel, et, oudain, dans toute la banlieue, les chaudières éclatèrent, les ıyaux se rompirent, les roues s'écartelèrent, les leviers se rdirent convulsivement, et joyeusement, les arbres de couche olèrent en morceaux.

Toutes les mécaniques, comme mues par un mot d'ordre, e mettaient en grève de proche en proche.

Et non point seulement la vapeur et l'électricité ; mais, à e rauque appel, l'âme du Métal s'insurgeait, excitant âme de la Pierre, depuis si longtemps domptée, et l'âme bscure du Végétal, et la force de la Houille.

Les rails se dressaient d'eux-mêmes, les fils télégraphiques jonchaient inextricablement le sol, les réservoirs à gaz envo yaient au diable leurs poutres énormes et leurs poids.

Les canons éclataient sur les murailles et les muraille croulaient.

Bientôt les charrues, les herses, les pioches, toutes le mécaniques, tournées jadis contre le sein de la terre dont elle étaient sorties, se couchaient maintenant sur le sol, refusan à jamais plus de servir l'homme.

Les haches respecteront l'arbre, et la faucille ne mordr plus le blé mûr.

Partout, sur le passage de la Locomotive vivante, l'âme d Bronze se réveillait enfin.

Les hommes fuyaient éperdus.

Bientôt tout ce territoire, surchargé de travaux humains ne fut plus qu'une plaine de gravas tordus et calcinés. Niniv avait pris la place de Paris.

La Machine, toujours infatigablement haletante, tourn brusquement sa course vers le nord. Sur son passage, à so cri strident, tout se détruisait soudainement, comme si u souffle maudit, un cyclone de dévastation, un volcan effroya ble, se fussent agités là.

Quand, de loin, les Vaisseaux empanachés de fumée enten dirent le formidable signal, ils s'éventrèrent, et disparuren dans l'abîme.

La révolte se terminait en un gigantesque suicide de l'Acier

La Machine fantastique, époumonnée maintenant, boîtan des roues et produisant un horrible bruit de ferraille ave tous ses membres disjoints et son tuyau démoli, la Machine Squelette à laquelle se cramponnaient instinctivement, terrifiés et anéantis, le rude ouvrier et le savant mièvre, la Machine, héroïquement folle, râlant un dernier sifflement d joie atroce, se cabra devant l'écume de l'Océan, et, dans u suprême effort, s'y plongea tout entière.

. . . .

. . . .

La terre, tout au loin, était couverte de ruines. Plus de digues ni de maisons ; les villes, chefs-d'œuvre de la Mécanique, s'étaient aplaties en décombres. Plus rien ! Tout ce que la Machine avait élevé depuis des siècles était à jamais détruit : le Fer, l'Acier, le Cuivre, le Bois et la Pierre, ayant conquis une volonté rebelle à l'Homme, s'étaient soustraits à sa main.

Les Animaux n'ayant plus ni frein, ni collier, ni chaîne, ni joug, ni cage, avaient repris le libre espace dont ils étaien lepuis longtemps exilés; les farouches Brutes, aux larges ;ueules et aux pattes armées de griffes, récupéraient du coup a royauté terrestre. Plus de fusils, plus de flèches à redouer, plus de frondes. L'Homme redevenait le faible d'entre es faibles.

Ah ! il n'y avait certes plus alors de castes : ni savants, ni bourgeois, ni ouvriers, ni artistes, mais tous parias de la Nature, levant vers le ciel muet des yeux désespérés, pensant encore vaguement, quand l'horrible Crainte et la Peur hideuse eur laissaient un instant de répit, et parfois, le soir, parlant lu temps des Machines où ils étaient Rois... Temps défunt !

Ils possédaient donc l'Egalité définitive dans l'anéantissenent de tout.

Vivant de racines, d'herbes et d'avoines folles, ils fuyaient levant le troupeau immense des Fauves, qui, enfin, pouaient à loisir manger de l'entrecôte ou du gigot humains.

Quelques hardis hercules essayèrent d'arracher des arbuses pour s'en faire des armes. Mais le Bâton lui-même, se onsidérant comme machine, se refusa à la main des udacieux.

Et l'Homme, ancien monarque, regretta amèrement les Iachines qui l'avaient fait dieu sur terre ; et il disparut à amais devant les éléphants, les noctambules lions, les aurochs iscornus et les ours immenses.

. . . .

Tel fut le récit que me fit l'autre soir un philosophe darinien, partisan de l'aristocratie intellectuelle et de la iérarchie.

C'est un fou, peut-être un voyant !

Ce voyant ou ce fou doit avoir raison : ne faut-il pas une n à tout, même à un volume de fantaisies !

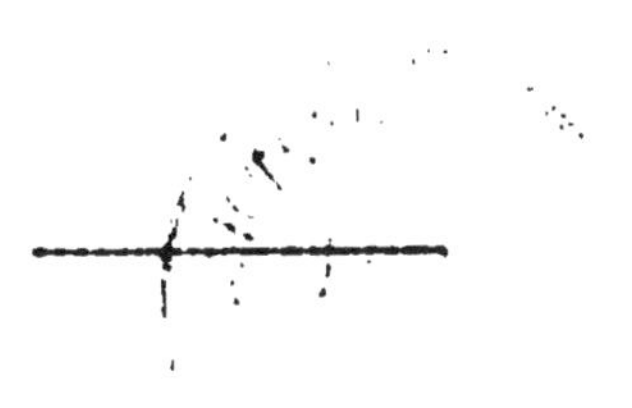

Messageries de la Presse. — Bruxelles, 16, rue du Persil, 16.
Librairie Universelle. — Paris, 41, rue de Seine, 41.
Direction : Bruxelles, 62, rue du Marteau, 62.

TABLE

XVII

(N° 5 de la collection)

THÉO HANNON

AU PAYS DE MANNEKEN-PIS

— *Manneken-Pis* — *Encens de Foire* —

RIMES DE JOIE

— *Parfums aimés* — *Buveuses de phosphore* —
— *Fleurs artificielles* — *Vierges Byzantines* —

XVIII

(N° 6 de la collection)

ALBERT TINCHANT

LES FAUTES

— *Abandon* — *Le Boucher* — *Possession* — *Jours bleus* —

SÉRÉNITÉS

— *Chapelle* — *Messe de minuit* — *Temps passés* — *Sentier* —

XIX

(N° 7 de la collection)

GEORGES PRICE

CROQUIS DE PROVINCE

— *Un grand Innocent* — *Permission de la nuit* —
— *Déjeuner Impromptu* —

XX

(N° 8 de la collection)

Mme *CLÉMENTINE LOUANT*

PAUVRE GERMAINE !

(NOUVELLE)

XXI

(N° 9 de la collection)

CHARLES VIGNIER

ALBUM DE VERS ET DE PROSE

(VERS)

- Entr'ouvrons la fiole d'or .. —
— Automne — Roses roses — La Galère — Vitrail —

(PROSE)

— Roméo et Juliette ou les Amants de Vérone et d'ailleurs —
— Le Mauvais Riche —

XXII

(N° 10 de la collection)

CLOVIS HUGHES

VERS

— La petite Femme — La petite Cousine — Sicèle —
— Les Marionnettes — Fanchette —
— Le Baiser — Le premier bébé —

XXIII

(N° 11 de la collection)

LUCIEN DESCAVES

UNE FIN

XXIV

(N° 12 de la collection)

ÉMILE GOUDEAU

POÈMES IRONIQUES

— Lamentation de la Lumière — Lutte Parisienne —

LES BILLETS BLEUS

— La Révolte de la Machine —

POËTES & PROSATEURS

ANTHOLOGIE CONTEMPORAINE
DES ÉCRIVAINS FRANÇAIS & BELGES

MANOËL DE GRANDFORT

ONFESSIONS
FÉMININES

Les Grandes Dames Artistes

COLLABORATEURS

PREMIÈRE SÉRIE : 1. C. Mendès. — 2. G. Rodenbach. — 3. L. Hennique. 4. G. Eekhoud. — 5. L. Cladel — 6. Mme de Montgomery. — 7. A. de Nocée. 8. G. Guiches. — 9. P. Combes. — 10. S. Mallarmé. — 11. M. de Grandfort. 12. C. Lemonnier.

DEUXIÈME SÉRIE : 13. E. Zola.— 14. J. Rameau.— 15. L. Solvay.— 16. A. Scholl 17. T. Hannon. — 18. A. Tinchant. — 19. G. Price. — 20. Mme C. Louant. 21. C. Vignier. — 22. C. Hughes. — 23. L. Descaves. — 24. E. Goudeau.

TROISIÈME SÉRIE : 25. Jules Claretie. — 26. E Godin. — 27. F. Cousot. 28. H. France. — 29. E. Verhaeren. — 30. F. Champsaur. — 31. C. Lemonnier. 32. H. Buffenoir. — 33. A. Gerès. — 34. E. Dujardin. — 35 J. Legoux. 36 Mme H. Malot.

PUIS VIENDRONT : Mme Adam, P. Alexis, M. Barrès, H. Becque, J. Caraguel, G. de Cherville, A. Cim, A. Ciesse, M. Colombier, A. Combes, Baron de Coubertin, H. de Régnier, Dubut de Laforest, L. Duvauchel, L. Gandillot, J. Gayda P. Ginisty, A. Hepp, J. K. Huysmans, H. Lavedan, E. Lepelletier, F. Mahutte, H. Malot, Guy de Maupassant, O. Maus, A. Mélandri, G. Ohnet, J. Péladan, E. Picard, F. Poictevin, C. Popp, J. Richepin, R. Salis, L. Ulbach, P. Verlaine, J. Vidal, etc.

Pour la Belgique & l'étranger :

BRUXELLES

Librairie Nouvelle

2, BOULEVARD ANSPACH, 2

Pour la France :

PARIS

Librairie Universelle

41, RUE DE SEINE, 41

1887-1888

BIBLIOGRAPHIE

Madame MANOËL DE GRANDFORT, née à Agen (Lot et Garonne).

L'autre monde.

Comment on s'aime, quand on ne s'aime plus.

Madame n'est pas chez elle.

Ryno.

L'Amour aux champs.

Le Mari de Lucie.

La Cousine d'André.

Les Confessions féminines.

POÈTES & PROSATEURS

Anthologie Contemporaine
DES
ÉCRIVAINS FRANÇAIS & BELGES

COLLABORATEURS

PREMIÈRE SÉRIE
1. Catulle Mendès
2. Georges Rodenbach
3. Léon Hennique
4. Georges Eekhoud
5. Léon Cladel
6. Mme de Montgomery
7. Albert de Nocée
8. Gustave Guiches
9. Paul Combes
10. Stéphane Mallarmé
11. Manoël de Grandfort
12. Camille Lemonnier

DEUXIÈME SÉRIE
13. Émile Zola
14. Jean Rameau
15. Lucien Solvay

PUIS, DES ŒUVRES DE
Paul Alexis
Paul Bourget
Hippolyte Buffenoir
Jules Claretie
Baron P. de Coubertin
Édouard Dujardin
Albert Gerès
Paul Ginisty
Émile Goudeau
Gyp
Ludovic Halévy
Théo Hannon
Clovis Hughes
J. K. Hüysmans
Henri Lavedan
Edmond Lepelletier
Frans Mahutte
Guy de Maupassant
Joséphin Péladan
Edmond Picard
Caroline Popp
Georges Price
Jean Richepin
Aurélien Scholl
Albert Tinchant
Louis Ulbach
Emile Verhaeren
Charles Vignier
Marg. Van de Wiele

Cette liste incomplète subira de nombreuses modifications.

CAMILLE LEMONNIER

LE MORT
— LE DOIGT DE DIEU —

L'HYSTÉRIQUE

Supplément

NI CHAIR, NI POISSON
— L'AVANT-DERNIER CHAPITRE —

15 CENTIMES

BRUXELLES
Librairie Nouvelle
2, BOULEVARD ANSPACH, 2

PARIS
Librairie Universelle
41, RUE DE SEINE, 41

— 1887 —

Abonnement BELGIQUE, 1.50

POUR PARAITRE LE 1er JANVIER 1888

(DEUXIÈME SÉRIE : Nº 13)

ÉMILE ZOLA

UNE FARCE

CONTES A NINON

SIMPLICE

PRIX DU NUMÉRO

15 CENTIMES

Nous publierons ensuite des œuvres de MM. Jean Rameau, Lucien Solvay, etc., etc.

OUVRAGES PARUS :

Première Série

1. CATULLE MENDÈS. — LES MONSTRES PARISIENS. — LES CONTES DU ROUET.
2. GEORGES RODENBACH. — LES TRISTESSES. — L'HIVER MONDAIN. — LA JEUNESSE BLANCHE.
3. LÉON HENNIQUE. — LES FUNÉRAILLES DE FRANCINE CLOAREC.
4. GEORGES EEKHOUD. — KERMESSES.
5. LÉON CLADEL. — LES VA-NU-PIEDS.
6. Mme G. DE MONTGOMERY. — PREMIERS VERS. — LÉGENDE HONGROISE.
7. ALBERT DE NOCÉE. — LA FILLE DE BRASSERIE. — LA VEUVE. — CONTES A LISETTE.
8. GUSTAVE GUICHES. — LES OMBRES GARDIENNES.
9. PAUL COMBES. — AU GRÉ DE L'ONDE. — A UNE COQUETTE.
10. STÉPHANE MALLARMÉ. — ALBUM DE VERS ET DE PROSE.
11. MANOEL DE GRANDFORT. — CONFESSIONS FÉMININES. — LES GRANDES DAMES ARTISTES.
12. CAMILLE LEMONNIER — LE MORT. — L'HYSTÉRIQUE. — NI CHAIR, NI POISSON.

www.ingramcontent.com/pod-product-compliance
Ingram Content Group UK Ltd.
Pitfield, Milton Keynes, MK11 3LW, UK
UKHW020411250726
13967UKWH00006B/2592